EX LIBRIS
G. BENGESCO

SAUL,

HYPERDRAME

HÉROÏ-COMIQUE,

EN CINQ ACTES.

Par M. de V.

SAUL,
HYPERDRAME
HÉROÏ-COMIQUE.

ACTE PREMIER.

SCENE PREMIERE.

SAUL, BAZA.

BAZA.

O GRAND Saul! le plus puissant des Rois! vous qui régnez sur les trois lacs dans l'espace de plus de 500 stades! vous vainqueur du généreux Agag, Roi d'Amalec, dont les Capitaines étoient montés sur les plus puissans ânes, ainsi que les cinquante fils d'Amalec! vous qu'Adonaï fait triompher à la fois de Dagon & de Belzebuth! vous qui, sans doute, mettiez sous vos loix toute la terre, comme on nous l'avait promis tant de fois! faut-il que vous vous abandonniez à votre douleur dans de si nobles triomphes & de si grandes espérances?

SAUL.

O mon cher Baza! heureux mille fois celui qui conduit en paix les troupeaux bêlans de Benjamin, & presse le doux raisin de la vallée d'Engaddi! Je cherchais les ânesses de mon pere; je trouvai un royaume, & depuis ce jour je n'ai connu que la douleur. Plût-à-Dieu, au contraire, que j'eusse cherché un royaume & trouvé des ânesses, j'aurais fait un meilleur marché!

BAZA.

Est-ce le Prophête Samuel? Est-ce votre gendre David qui vous cause ces mortels chagrins?

SAUL.

L'un & l'autre. Samuel, (tu le sais, mais c'est malgré lui,) fit ce qu'il put pour empêcher le peuple de choisir un Prince, & dès que je fus élu il devint le plus cruel de tous nos ennemis.

BAZA.

Vous deviez bien vous y attendre; il était Prêtre & vous étiez guerrier, il gouvernait avant vous. On hait toujours son successeur.

SAUL.

Eh! pouvait-il espérer de gouverner plus long-tems? Il avait associé à mon pouvoir ses indignes enfans, également corrompus

&

& corrupteurs, qui vendaient publiquement la justice. Toute la nation s'éleva contre ce gouvernement sacerdotal; on tira un Roi au sort. Les Dez sacrés annoncerent la volonté du ciel, le peuple la ratifia, & Samuel frémit. Ce n'est pas assez de haïr en moi le ciel, il hait encore le Prophête; car il sait que comme lui j'ai le nom de voyant; que j'ai prophétisé comme lui; & ce nouveau proverbe repandu dans Israël, *Saul est aussi au rang des Prophêtes*, n'offense que trop ses oreilles superbes. On le répete encore pour mon malheur: il est dangereux.

BAZA.

N'est-ce pas lui qui souleve contre vous votre gendre David?

SAUL.

Il n'est que trop vrai, & je tremble qu'il ne cabale pour donner ma couronne à ce rebelle.

BAZA.

Votre Altesse Royale est trop bien affermie par ses victoires, & le Roi Agag votre illustre prisonnier vous est ici un sûr garant de la fidélité de votre peuple, également enchanté de votre victoire & de votre clémence. Le voici qu'on amene devant Votre Altesse Royale.

SCENE II.

SAUL, BAZA, AGAG, SOLDATS.

AGAG.

Doux & puiſſant vainqueur, modèle des Princes, qui ſavez vaincre & pardonner, je me jette à vos ſacrés genoux! Daignez ordonner vous-même ce que je dois donner pour ma rançon; je ſerai deſormais un voiſin, un allié fidéle, un vaſſal ſoumis. Je ne vois plus en vous qu'un bienfaiteur & un maître. Je vous dois la vie, je vous devrai même la liberté. J'admirerai, j'aimerai en vous l'image de Dieu qui punit & qui pardonne.

SAUL.

Illuſtre Prince, que le malheur rend encore plus grand, je n'ai fait que mon devoir en ſauvant vos jours. Les Rois doivent reſpecter leurs ſemblables; qui ſe vange après la victoire eſt indigne de vaincre. Je ne mets point votre perſonne à rançon, elle eſt d'un prix ineſtimable. Soyez libre. Les tributs que vous payerez à Iſrael ſeront moins des marques de ſoumiſſion que d'amitié. C'eſt ainſi que les Rois doivent traiter enſemble.

Agag.

AGAG.

O vertu! ô grandeur de courage! que vous êtes puiſſantes ſur mon cœur! Je vivrai, je mourrai le ſujet du grand Saul, & tous mes ſujets ſont à lui.

SCENE III.

Les perſonnages précédens, SAMUEL, PRETRES.

SAUL.

SAMUEL, quelles nouvelles m'apportez-vous? Venez-vous de la part de Dieu, de celle du peuple, ou de la votre?

SAMUEL.

De la part de Dieu.

SAUL.

Qu'ordonne-t-il?

SAMUEL.

Il m'ordonne de vous dire qu'il s'eſt repenti de vous avoir fait régner.

SAUL.

Dieu ſe repentir! il n'y a que ceux qui font des fautes qui ſe repentent; la ſageſſe éternelle ne peut être imprudente, Dieu ne peut pas faire des fautes.

SAMUEL.

Il peut se repentir d'avoir mis sur le trône ceux qui en commettent.

SAUL.

Eh! quel homme n'en commet pas? Parlez, dequoi suis-je coupable?

SAMUEL.

D'avoir pardonné à un Roi.

AGAG.

Comment! la plus belle des vertus serait regardée chez vous comme un crime?

SAMUEL *à* AGAG.

Tais-toi, ne blasphême point. (*à Saul*) Saul, ci-devant Roi des Juifs, Dieu ne vous a-t-il pas ordonné, par ma bouche, d'égorger tous les Amalécites sans épargner ni les femmes, ni les filles, ni les enfans encore à la mamelle?

AGAG.

Ton Dieu t'avait-t-il ordonné cela? Tu t'es trompé, tu voulais dire ton diable.

SAMUEL *à ses Prêtres.*

Préparez-vous a m'obéir. Et vous, Saul, avez-vous obéi à Dieu?

SAUL.

Je n'ai pas cru qu'un tel ordre fût positif. J'ai pensé que la bonté était le premier attribut de l'Etre suprême, qu'un cœur compatissant ne pouvait lui déplaire.

Samuel.

SAMUEL.

Vous vous êtes trompé, homme infidéle. Dieu vous réprouve, votre ſceptre paſſera dans d'autres mains.

BAZA à SAUL.

Quelle inſolence ! Seigneur, permettez-moi de punir ce Prêtre barbare ?

SAUL.

Gardez-vous-en bien. Ne voyez-vous pas qu'il eſt ſuivi de tout le peuple, & que nous ſerions lapidés ſi je réſiſtais : car en effet j'avais promis.....

BAZA.

Vous aviez promis une choſe abominable.

SAUL.

N'importe. Les Juifs ſont plus abominables encore ; ils prendront la défenſe de Samuel contre moi.

BAZA *à part.*

Ah ! malheureux Prince ! tu n'as de courage qu'à la tête des armées.

SAUL.

Eh bien donc ! Prêtres, que faut-il que je faſſe ?

SAMUEL.

Je vais te montrer comme on obéit au Seigneur. (*à ſes Prêtres*) O Prêtres ſacrés ! enfans de Levi, déployez votre zèle. Qu'on apporte une table, qu'on étende ſur cette

table

table ce Roi, dont le prépuce est un crime devant le Seigneur. (*Les Prêtres lient Agag sur la table*).

AGAG.

Que voulez-vous de moi, impitoyables monstres?

SAUL.

Auguste Samuel, au nom du Seigneur!

SAMUEL.

Ne l'invoquez pas, vous en êtes indigne. Demeurez ici, il vous l'ordonne. Soyez témoin du sacrifice qui peut-être expiera votre crime.

AGAG à SAMUEL.

Ainsi donc vous m'allez donner la mort. O mort, que vous m'êtes amere!

SAMUEL.

Oui, tu es gras, & ton holocauste en sera plus agréable au Seigneur. Ecoute. Tu vas mourir. Veux tu être Juif? Veux tu te faire circoncire?

AGAG.

Et si j'étais assez faible pour être de ta religion, me donnerais-tu la vie?

SAMUEL.

Non, tu aurais la satisfaction de mourir Juif, & c'est bien assez.

AGAG.

Frappez donc bourreaux.

Samuel

SAMUEL *aux Prêtres.*

Donnez-moi cette hache, au nom du Seigneur ? Et tandis que je couperai un bras, coupez une jambe, & ainsi de suite morceau par morceau.

Ils frappent tous ensemble.

AGAG.

Oh mort ! ô tourmens ! ô barbares !

SAUL.

Faut-il que je sois témoin d'une abomination si horrible ?

BAZA.

Dieu vous punira de l'avoir soufferte.

SAMUEL *aux Prêtres.*

Emportez ce corps & cette table. Qu'on brûle les restes de cet infidéle, & que ses chairs servent à nourrir nos serviteurs. (*à Saul*) Et vous Prince, apprenez à jamais qu'obéissance vaut mieux que sacrifice. (*Samuel sort*).

SAUL *se jettant dans un fauteuil.*

Je me meurs ; je ne pourrai survivre à tant d'horreurs & à tant de honte !

SCENE IV.

SAUL, BAZA, UN MESSAGER.

LE MESSAGER.

SEIGNEUR, penſez à votre ſûreté. David approche en armes ; il eſt ſuivi de 500 brigands qu'il a ramaſſés. Vous n'avez ici qu'une garde faible.

BAZA.

Eh bien ! Seigneur, vous le voyez, David & Samuel étaient d'intelligence. Vous êtes trahi de tous côtés, mais je vous ſerai fidéle juſqu'à la mort ; quel parti prenez-vous ?

SAUL.

Celui de combattre & de mourir.

ACTE II.

SCENE I.

DAVID, MICHOL.

MICHOL.

IMPITOYABLE époux! prétends-tu attenter à la vie de mon pere, de ton bienfaiteur, de celui qui t'ayant d'abord pris pour son joueur de harpe, te fit bientôt après son Ecuyer, & qui enfin t'a mis dans mes bras?

DAVID.

Il est vrai, ma chere Michol, que je lui dois le bonheur de posséder vos charmes, il m'en a couté assez cher. Il me fallut apporter à votre pere deux cens prépuces de Philistins pour présent de nôces: deux cens prépuces ne se trouvent pas aisément. Je fus obligé de tuer deux cens hommes pour venir à bout de cette entreprise, & je n'avais pas la machoire d'âne de Samson. Mais eut-il fallu combattre toutes les forces de Babylone & de l'Egypte, je l'aurais fait pour vous mériter. Je vous adorais & je vous adore.

Michol.

MICHOL.

Et pour preuve de ton amour tu en veux aux jours de mon pere?

DAVID.

Dieu m'en préserve; je ne veux que lui succéder. Vous savez que j'ai respecté sa vie, & que lorsque je le rencontrai dans une caverne, je ne lui coupai que le bout de son manteau. La vie du pere de ma chere Michol me sera toujours précieuse.

MICHOL.

Pourquoi donc te joindre à ses ennemis? Pourquoi te souiller du crime horrible de rebellion, & te rendre par là même si indigne du trône ou tu aspire? Pourquoi d'un côté te joindre à Samuel notre ennemi domestique, & de l'autre au Roi de Geth, aussi notre ennemi déclaré?

DAVID.

Ma noble épouse ne me condamnez pas sans m'entendre. Vous savez qu'un jour, dans le village de Bethléem, Samuel repandit de l'huile sur ma tête, ainsi je suis Roi, & vous êtes la femme d'un Roi. Si je me suis joint aux ennemis de la nation, si j'ai fait du mal à mes concitoyens, j'en ai fait davantage à ses ennemis mêmes. Il est vrai que j'ai engagé ma foi au Roi de Geth, le génereux Akis. J'ai rassemblé cinq cens malfaiteurs

malfaiteurs perdus de dettes & de débauches, mais tous bons ſoldats. Akis nous a reçus, nous a comblés de bienfaits; il m'a traité comme ſon fils; il a eu en moi une entiere confiance; mais je n'ai jamais oublié que je ſuis Juif, & ayant des commiſſions du Roi Akis pour ravager nos terres, j'ai très-ſouvent ravagé les ſiennes. J'allais dans les villages les plus éloignés, je tuais tout ſans miſéricorde; je ne pardonnais ni au ſexe ni à l'âge, afin d'être pur devant le Seigneur, & afin qu'il ne ſe trouvât perſonne qui pût me déceler auprès du Roi Akis. Je lui amenais les bœufs, les ânes, les moutons, les chévres des innocens agriculteurs que j'avais égorgés, & je lui diſais, par un ſalutaire menſonge, que c'étaient les bœufs, les ânes, les moutons, les chévres des Juifs. Quand je trouvais quelque réſiſtance, je faiſais ſcier en deux, par le milieu du corps, ces inſolens rebelles, ou je les faiſais rôtir dans leurs fours à briques. Voyez ſi c'eſt aimer ſa patrie, ſi c'eſt être bon Iſraélite?

MICHOL.

Ainſi, cruel, tu as également répandu le ſang de tes freres, & celui de tes alliés! tu as donc trahi également tes deux bienfaiteurs! rien ne t'eſt ſacré. Tu trahiras ainſi ta chere Michol, qui brûle pour toi d'un ſi malheureux amour!

DAVID.

Non, je jure par la verge d'Aaron, par la racine de Jeſsé, que je vous ſerai toujours fidéle.

SCENE II.

DAVID, MICHOL, ABIGAIL.

ABIGAIL *embraſſant David.*

MON cher, mon tendre époux! maître de mon cœur & de ma vie, venez, ſortez avec moi de ces lieux dangereux, Saul arme contre vous, & Akis vous attend.

MICHOL.

Qu'entends-je! ſon époux! quoi monſtre de perfidie, vous me jurez un amour éternel, & vous avez pris une autre femme! quelle eſt donc cette inſolente rivale?

DAVID *à part.*

Je ſuis confondu.

ABIGAIL.

Auguſte & aimable fille d'un grand Roi, ne vous mettez pas en colere contre votre ſervante; un héros tel que David a beſoin de pluſieurs femmes. Moi, je ſuis une jeune veuve

veuve qui ai besoin d'un mari. Vous êtes obligée d'être toujours auprès du Roi votre pere, il faut que David ait une compagne dans ses voyages & ses travaux. Ne m'enviez pas cet honneur, je vous serai toujours soumise.

MICHOL *à part.*

Elle est civile & accorte, du moins; elle n'est pas comme ces concubines impertinentes qui vont toujours bravant la maîtresse de la maison ....

à David.

Monstre! où as-tu fait cette acquisition?

DAVID.

Puisqu'il faut vous dire la vérité, ma chere Michol, j'étais à la tête de mes brigands, & usant du droit de la guerre, j'ordonnai à Nabal, mari d'Abigail, de m'apporter tout ce qu'il avait. Nabal était un brutal, qui ne savait pas les usages du monde, il me refusa insolemment. Abigail est née douce, honnête, tendre; elle vola tout ce qu'elle put à son mari, pour me l'apporter. Au bout de huit jours le brutal mourut.

MICHOL.

Je m'en doutais bien.

DAVID.

Et j'épousai la veuve.

MICHOL.

Ainsi Abigail est mon égale, ça, dis-moi en conscience, brigand trop cher, combien as-tu de femmes?

DAVID.

Je n'en ai que dix-huit en vous comptant: ce n'est pas trop pour un brave homme.

MICHOL.

Dix-huit femmes, scélerat! Que fais-tu de tout cela?

DAVID.

Je leur donne ce que je peux de ce que j'ai pillé.

MICHOL.

Les voilà bien entretenues! Tu es comme les oiseaux de proie, qui apportent à leurs femelles des colombes à dévorer. Encore n'ont-ils qu'une femelle, & il en faut dix-huit au fils de Jessé!

DAVID.

Vous ne vous appercevrez jamais, ma chere Michol, que vous avez des compagnes.

MICHOL.

Va, tu promets plus que tu ne peux tenir. Ecoute; puisque tu en as dix-huit, je te pardonne. Si je n'avais qu'une rivale, je serais plus difficile; cependant tu me le payeras.

Abigail.

ABIGAIL.

Auguste Reine! si toutes les autres pensent comme moi, vous aurez dix-sept esclaves de plus auprès de vous.

SCENE III.

Les mêmes & ABIAS.

ABIAS.

MON maître! que faites-vous ici entre deux femmes? Saul avance de l'occident, & Akis de l'orient: de quel côté voulez-vous marcher?

DAVID.

Du côté d'Akis sans balancer.

MICHOL.

Quoi, malheureux! contre ton Roi, contre mon pere?

DAVID.

Il le faut bien. Il y a plus à gagner avec Akis qu'avec Saul. Consolez-vous Michol. Adieu Abigail.

ABIGAIL.

Non, je ne te quitte pas.

DAVID.

Restez, vous dis-je; ceci n'est pas une affaire de femme; chaque chose a son tour. Je vais combattre, priez Dieu pour moi.

SCENE IV.

MICHOL, ABIGAIL.

ABIGAIL.

PROTEGEZ-MOI, noble fille de Saul! je crois une telle action digne de votre grand cœur. David a encore épousé une nouvelle femme ce matin. Réunissons-nous toutes deux contre nos rivales.

MICHOL.

Quoi! ce matin même? L'impudent! & comment se nomme-t-elle?

ABIGAIL.

Achinoam. C'est une des plus dévergondées coquines qui soit dans toute la race de Jacob.

MICHOL.

C'est une vilaine race que cette race de Jacob, je suis fâchée d'en être; mais pardieu, puisque mon mari nous traite si vilainement, je le traiterai de même, & je vais de ce pas en épouser un autre

ABIGAIL.

Allez, allez Madame, je vous promets bien d'en faire autant dès que je serai mécontente de lui.

SCENE V.

Les mêmes, le MESSAGER EBIND.

EBIND.

AH Princesse ! votre Jonathas .... savez vous ?

MICHOL.

Quoi donc ? .... mon frere Jonathas !

EBIND.

Est condamné à mort, dévoué au Seigneur, à l'anathème.....

ABIGAIL.

Jonathas qu'aimoit tant notre mari....

MICHOL.

Il n'est plus .... on lui a arraché la vie ?

EBIND.

Non, Madame, il est en parfaite santé. Le Roi votre pere, en marchant au point du jour contre Akis, a rencontré un petit corps de Philistins, & comme nous étions dix contre un, nous avons donné dessus avec courage. Saul pour augmenter les forces du soldat, qui était a jeûn, a ordonné que personne ne mangeât de la journée & a juré qu'il immolerait au Seigneur le premier qui déjeûnerait. Jonathas, qui ignorait cet ordre prudent, a trouvé un rayon de miel & en a avalé la largeur de mon pouce. Saul, comme de raiſon, l'a condamné à mourir. Il ſavait ce qu'il en coute pour manquer à ſa parole. L'avanture d'Agag l'effrayait. Il craignait Samuel. Enfin Jonathas allait être offert en victime. Toute l'armée s'eſt ſoulevée contre ce parricide. Jonathas eſt ſauvé, & l'armée s'eſt miſe à manger & à boire, & au lieu de perdre Jonathas, nous avons été défaits de Samuel. Il eſt mort d'apopléxie.

MICHOL.

Tant mieux, c'était un vilain homme!

ABIGAIL.

Dieu ſoit béni.

EBIND.

Le Roi Saul vient ſuivi de tous les ſiens. Je crois qu'il va tenir conſeil dans cette cheneviere, pour ſavoir comment il s'y prendra pour attaquer Akis & les Philiſtins.

SCENE VI.

SAUL, MICHOL, ABIGAIL, BAZA, DES CAPITAINES.

MICHOL.

MON pere, faudra-t-il trembler tous les jours pour

jours pour votre vie, pour celle de mes freres, & essuyer les infidélités de mon mari?....

SAUL.

Votre frere & votre mari sont des rebelles. Comment! manger du miel en un jour de bataille!..... Il est bien heureux que l'armée ait pris son parti. Mais votre mari est cent fois plus méchant que lui. Je jure que je le traiterai comme Samuel a traité Agag.

ABIGAIL *à Michol.*

Ah, Madame! comme il roule les yeux, comme il grince les dents. Fuyez au plus vîte. Votre pere est fou, ou je me trompe.

MICHOL.

Il est quelquefois possédé du diable.

SAUL.

Ma fille, qui est cette drôlesse-là?

MICHOL.

C'est une des femmes de votre gendre David, que vous avez autrefois tant aimé.

SAUL.

Elle est assez jolie! je la prendrai pour moi au sortir de la bataille.

ABIGAIL.

Ah! le méchant homme! on voit bien qu'il est réprouvé.

MICHOL.

Mon pere, je crois que votre mal vous prend? Si David était ici, il vous jouerait de la harpe; car vous ſavez que la harpe eſt un ſpécifique contre les vapeurs hipocondriaques.

SAUL.

Taiſez-vous, vous êtes une ſotte. Je ſais mieux que vous ce que j'ai à faire.

ABIGAIL.

Ah Madame! comme il eſt méchant! Il eſt plus fou que jamais. Retirons-nous au plus vîte.

MICHOL.

C'eſt cette malheureuſe boucherie d'Agag, qui lui a donné des vapeurs. Dérobons-nous à ſa furie.

SCENE VII.

SAUL, BAZA.

SAUL.

MES Capitaines, allez m'attendre. Baza, demeurez. Vous me voyez dans un mortel embarras. J'ai mes vapeurs. Il me faut combattre. Nous avons de puiſſans ennemis; ils ſont derriere la montagne de Gelboé. Je voudrais bien ſavoir quelle ſera l'iſſue de cette bataille?

BAZA.

BAZA.

Eh Seigneur ! il n'y a rien de plus aisé. N'êtes-vous pas Prophête tout comme un autre ? N'avez-vous pas même des vapeurs qui sont un véritable avant-coureur des Prophéties ?

SAUL.

Il est vrai ; mais depuis quelque tems le Seigneur ne me répond plus. Je ne sais ce que j'ai. As-tu fait venir la Pythonisse d'Endor ?

BAZA.

Oui, mon maître. Mais croyez-vous que le Seigneur lui réponde plus qu'à vous ?

SAUL.

Oui, sans doute, car elle a un esprit de Python.

BAZA.

Un esprit de Python ! mon maître, quel espece d'esprit est cela ?

SAUL.

Ma foi, je n'en sais rien ; mais on dit que c'est une femme fort habile. J'aurais envie de consulter l'ombre de Samuel.

BAZA.

Vous ferez bien mieux de vous mettre à la tête de vos troupes. Mais comment consulte-t-on une ombre ?

SAUL.

La Pythonisse les fait sortir de la terre, & l'on voit à l'heure même si l'on sera heureux ou malheureux.

BAZA.

Il a perdu l'esprit.... Seigneur, au nom de Dieu, ne vous amusez point à toutes ces sottises; allons mettre vos troupes en bataille.

SAUL.

Restez ici. Il faut absolument que nous voyons un ombre. Voilà la Pythonisse qui arrive. Garde-toi de me faire reconnaître. Elle me prend pour un Capitaine de mon armée.

SCENE VIII.

Les mêmes, LA PYTHONISSE *avec un balai entre les jambes.*

LA PYTHONISSE.

QUEL mortel veut arracher les secrets du destin à l'abime qui les couvre? Qui de vous deux s'adresse à moi pour connaître l'avenir?

BAZA, *en montrant Saul.*

C'est mon Capitaine. Ne devrais-tu pas le savoir, puisque tu es sorciere?

LA PYTHONISSE *à Saul.*

C'eſt donc pour vous que je forcerai la nature à interrompre le cours de ſes loix éternelles? Combien me donnerez-vous?

SAUL.

Un écu, & te voilà payée d'avance, vieille ſorciere.

LA PYTHONISSE.

Vous en aurez pour votre argent. Les Magiciens de Pharaon n'étaient auprès de moi que des ignorans. Ils ſe bornaient à changer en ſang les eaux du Nil. Je vais en faire davantage, & premierement je commande au ſoleil de paraître.

BAZA.

En plein midi: quel miracle!

LA PYTHONISSE.

Je vois quelque choſe ſur la terre.

SAUL.

N'eſt-ce pas une ombre?

LA PYTHONISSE.

Oui, c'eſt une ombre.

SAUL.

Comment eſt-elle faite?

LA PYTHONISSE.

Comme une ombre.

SAUL.

N'a-t-elle pas une grande barbe?

LA PYTHONISSE.

Oui, un grand manteau & une grande barbe.

SAUL.

Une barbe blanche?

LA PYTHONISSE.

Blanche comme de la neige.

SAUL.

Justement! c'est l'ombre de Samuel. Elle doit avoir l'air bien méchant?

LA PYTHONISSE.

Oh! on ne change jamais de caractère. Elle vous menace; elle vous fait des yeux horribles.

SAUL.

Ah! je suis perdu!

BAZA.

Eh! Seigneur, pouvez-vous vous amuser à ces fadaises? N'entendez-vous pas le son des trompettes? les Philistins approchent.

SAUL.

Allons donc; mais le cœur ne me dit rien de bon.

LA PYTHONISSE *à part.*

Au moins j'ai son argent; mais voilà un sot Capitaine!

ACTE

ACTE III.

SCENE I.

DAVID & ses CAPITAINES.

DAVID.

SAUL a donc été tué, mes amis, son fils Jonathas aussi! & je suis Roi du pays légitimement!

JOAB.

Oui, Milord, Votre Altesse Royale a très-bien fait de faire pendre celui qui vous a apporté la nouvelle de la mort de Saul; car il n'est jamais permis de dire qu'un Roi est mort. Cet acte de justice vous conciliera tous les esprits, & fera voir qu'au fond vous aimiez votre beau-pere, & que vous êtes un bon-homme.

DAVID.

Oui; mais Saul laisse des enfans. Isboseth son fils régne déja sur plusieurs tribus. Comment faire?

JOAB.

Ne vous mettez point en peine. Je connais deux coquins qui doivent assassiner Isboseth, s'ils ne l'ont déja fait. Vous les ferez

ferez pendre tous deux, & vous régnerez ſur Juda & ſur Iſrael.

DAVID.

Dites-moi, vous autres, Saul a-t-il laiſſé beaucoup d'argent? Serai-je bien riche?

ABIESER.

Hélas! nous n'avons pas le ſou. Vous ſavez qu'il y a deux ans, quand Saul fut élu Roi, nous n'avions pas de quoi acheter des armes; il n'y avait pas deux ſabres dans l'Etat, encore étaient-ils rouillés. Les Philiſtins, dont nous avons preſque tous été eſclaves, ne nous laiſſerent pas dans nos chaumieres ſeulement un morceau de fer pour racommoder nos charrues. Auſſi nos charrues ſont-elles fort inutiles dans un maudit pays pierreux, hériſſé de montagnes pelées, où il n'y a que quelques oliviers & un peu de raiſins. Nous n'avions pris au Roi Agag que des bœufs, des chèvres & des moutons, parce que c'était là ce qu'il avait. Je ne crois pas que nous puiſſions trouver dix écus dans toute la Judée. Il y a quelques uſuriers qui rognent les eſpeces à Tyr & à Damas, mais ils ſe feraient empâler plutôt que de vous prêter un denier.

DAVID.

S'eſt-on emparé du petit village de Salem & de ſon château?

JOAB.

JOAB.

Oui, Milord.

ABIESER.

J'en ſuis fâché. Cette violence peut décrier notre nouveau gouvernement. Salem appartient de tout tems aux Jébuſéens avec qui nous ne ſommes point en guerre. C'eſt un lieu ſaint ; car Melchiſedech était autrefois Roi de ce village.

DAVID.

Il n'y a point de Melchiſedech qui tienne, j'en ferai une bonne forterelle, je l'appellerai *Jeruſalem*. Ce ſera le lieu de ma réſidence. Mes enfans ſeront multipliés comme les ſables de la mer, & nous régnerons ſur le monde entier.

JOAB.

Eh ! Seigneur, vous n'y penſez pas. Cet endroit eſt une eſpece de deſert où il n'y a que des cailloux à deux lieues à la ronde ; on y manque d'eau. Il n'y a qu'un petit malheureux torrent de Cédron qui eſt à ſec ſix mois de l'année. Que n'allons-nous plutôt ſur les grands chemins de Tyr ou de Damas, vers Babylone, il y aurait là beaucoup à faire.

DAVID.

Oui. Mais tous les peuples de ces pays-là ſont puiſſans, nous riſquerions de nous faire pendre.

pendre. Enfin le Seigneur m'a donné Jérusalem, j'y demeurerai, & j'y louerai le Seigneur.

UN MESSAGER.

Milord, deux de vos serviteurs viennent d'assassiner Isboseth qui avait l'insolence de vouloir succéder à son pere & de vous disputer le trône. On l'a jetté par les fenêtres; il nage dans son sang. Les tribus qui lui obéissaient, ont fait serment de vous obéir. On vous amène sa sœur Michol, votre femme, qui vous avait abandonné, & qui venait de se marier à Phalti fils de Laïs.

DAVID.

On aurait mieux fait de la laisser avec lui. Que veut-on que je fasse de cette bégueule? Allez, mon cher Joab, qu'on l'enferme. Allez, mes amis, allez saisir tout ce que possède Isboseth; apportez-le-moi, nous le partagerons. Vous, Joab, ne manquez pas de faire pendre ceux qui m'ont délivré d'Isboseth, & qui m'ont rendu ce signalé service. Marchez tous devant le Seigneur avec confiance. J'ai ici quelques affaires un peu pressées, je vous rejoindrai dans le moment pour rendre tous ensemble des actions de graces au Dieu des armées qui a donné la force à mon bras, & qui a mis sous mes pieds le basilic & le dragon. (*David sort pour aller à ses besoins.*)

TOUS

TOUS LES CAPITAINES ENSEMBLE.

Housach! Housach! Longue vie à David notre bon Roi, l'oint du Seigneur & le pere de son peuple. (*Ils répetent cela plusieurs fois en entousiastes*).

DAVID, *revenu à un des siens.*

Faites entrer Bethzabée.

à Bethzabée.

Ma chere Bethzabée, je ne veux plus aimer que vous. Vos dents sont comme un mouton qui sort du lavoir. Votre gorge est comme une grape de raisin. Votre nez comme la tour du mont Liban. Le royaume que le Seigneur ma donné, ne vaut pas un de vos embrassemens. Michol, Abigail & toutes mes autres femmes, sont dignes tout au plus d'être vos servantes.

BETHZABE'E.

Helas! Milord, vous en disiez autant ce matin à la jeune Abigail!

DAVID.

Il est vrai. Elle peut me plaire pour un moment. Mais vous, vous êtes maîtresse de toutes les heures. Je vous donnerai des robes, des vaches, des chévres, des moutons; car pour de l'argent je n'en ai point encore. Mais vous en aurez quand j'aurai volé dans mes courses sur les grands chemins, soit vers le pays des Phéniciens, soit vers Damas, ſoit vers Tyr. Qu'avez-vous, ma chere Bethzabée, vous pleurez?

BETHZABE'E.

Helas! oui, Milord.

DAVID.

Quelqu'une de mes femmes ou de mes concubines, a-t-elle oſé vous maltraiter?

BETHZABE'E.

Non.

DAVID.

Quel eſt donc votre chagrin?

BETHZABE'E.

Milord, je ſuis groſſe. Mon mari Urie n'a pas couché avec moi depuis un mois, & s'il s'apperçoit de ma groſſeſſe, je crains d'être battue.

DAVID.

Eh! que ne l'avez vous fait coucher avec vous?

BETHZABE'E.

Helas! j'ai fait ce que j'ai pu; mais il me dit qu'il veut toujours être auprès de vous. Vous ſavez qu'il vous eſt tendrement attaché; c'eſt un des meilleurs officiers de votre armée. Il veille auprès de votre perſonne quand les autres dorment. Il ſe met au-devant de vous, quand les autres lâchent le pied. S'il fait quelque bon butin, il vous l'apporte, enfin il vous préfére à moi.

David.

DAVID.

Voilà une insuportable chenille ! Rien n'est si odieux que ces gens empressés, qui veulent toujours rendre service sans en être priés. Allez, allez, je vous déferai bien de cet importun. Qu'on me donne une table & des tablettes pour écrire.

BETHZABE'E.

Milord, pour des tables, vous savez qu'il n'y en a point ici ; mais voici mes tablettes avec un poinçon, vous pouvez écrire sur mes genoux.

DAVID. *Il écrit à Joab.*

Allons, écrivons. „Appui de ma couron-
„ ne, comme moi, serviteur de Dieu, no-
„ tre féal Urie vous rendra cette missive.
„ Marchez avec lui, si-tôt cette présente
„ reçue, contre le corps des Philistins qui
„ est au bout de la vallée d'Hébron. Pla-
„ cez le féal Urie au premier rang. Aban-
„ donnez-le dès qu'on aura tiré la pre-
„ miere fléché, de façon qu'il soit tué par
„ les ennemis, & s'il n'est pas frappé par-
„ devant, ayez soin de le faire assassiner
„ par derriere ; le tout pour le bien de
„ l'Etat. Ainsi Dieu nous soit en aide. Vo-
„ tre bon Roi David “.

BETHZABE'E.

Eh ! bon Dieu ! vous voulez faire tuer mon pauvre mari ?

DAVID.

Ma chere enfant, ce ſont des petites ſévérités auxquelles on eſt quelquefois obligé de ſe prêter. C'eſt un petit mal pour un grand bien, uniquement dans l'intention d'éviter un ſcandale.

BETHZABE'E.

Helas! votre ſervante n'a rien à répliquer. Soit fait ſelon votre parole.

DAVID.

Qu'on m'appelle le bon-homme Urie.

BETHZABE'E.

Helas! que voulez-vous lui dire? pourrai-je ſoutenir ſa préſence?

DAVID.

Ne vous troublez point. *(à Urie qui entre)*. Tenez, mon cher Urie, portez cette lettre à mon Capitaine Joab, & méritez toujours les bonnes graces de l'oint du Seigneur.

URIE.

J'obéis avec joie à ſes commandemens. Mes pieds, mon bras, ma vie ſont à ſon ſervice; je voudrais mourir pour lui prouver mon zele.

DAVID *en l'embraſſant.*

Vous ſerez exaucé, mon cher Urie.

URIE.

Adieu, ma chere Bethzabée. Soyez toujours auſſi attachée que moi à notre maître.

Bethzabée,

BETHZABE'E.

C'eſt ce que je fais, mon bon mari.

DAVID.

Demeurez ici ma bien aimée. Je ſuis obligé d'aller donner des ordres à-peu-près ſemblables pour le bien du royaume. Je reviens à vous dans un moment.

BETHZABE'E.

Non, mon cher amant, je ne vous quitte pas.

DAVID.

Ah! reſtez. Je veux bien que les femmes ſoient maîtreſſes au lit, mais par-tout ailleurs je veux qu'elles obéiſſent.

ACTE IV.

SCENE I.

BETHZABE'E, ABIGAIL.

ABIGAIL.

Bethzabe'e, Bethzabée! c'eſt donc ainſi que vous m'enlevez le cœur de Monſeigneur?

BETHZABE'E.

Vous voyez que je ne vous enleve rien, puiſqu'il me quitte & que je ne peux l'arrêter.

ABIGAIL.

Vous ne l'arrêtez que trop, perfide, dans les filets de votre méchanceté. Tout Israel dit que vous êtes grosse de lui.

BETHZABE'E.

Eh bien! quand cela serait, Madame, est-ce à vous à me le reprocher? N'en avez-vous pas fait autant?

ABIGAIL.

Cela est bien différent, Madame; j'ai l'honneur d'être son épouse.

BETHZABE'E.

Voilà un plaisant mariage! On sait que vous avez empoisonné Nabal votre mari, pour épouser David, lorsqu'il n'était encore que Capitaine.

ABIGAIL.

Point de reproche, Madame, s'il vous plaît. Vous en feriez bien autant du bon homme Urie pour devenir Reine; mais sachez que je vais tout lui découvrir.

BETHZABE'E.

Je vous en défie.

ABIGAIL.

C'est-à-dire, que la chose est déja faite.

BETHZABE'E.

Quoi qu'il en soit, je serai votre Reine, & je vous apprendrai à me respecter.

Abigail.

ABIGAIL.

Moi! vous respecter, Madame?

BETHZABÉE.

Oui, Madame.

ABIGAIL.

Ah Madame! la Judée produira du froment au lieu de seigle, & on aura des chevaux au lieu d'ânes, pour monture, avant que je sois réduite à cette ignominie. Il appartient bien à une femme comme vous de faire l'impertinente avec moi.....

BETHZABÉE.

Si je m'en croyais, une paire de soufflets.....

ABIGAIL.

Ne vous en avisez pas, Madame; j'ai le bras bon, & je vous rosserais d'une maniere.....

SCENE II.

DAVID & *les précédentes.*

DAVID.

PAIX là donc, paix là. Etes vous folles, vous autres? Il est bien question de vous quereller, quand l'horreur des horreurs est sur ma maison.

BETHZABE'E.

Quoi donc, mon cher amant? Qu'eſt-il arrivé?

ABIGAIL.

Mon cher mari, y a-t-il quelques nouveaux malheurs?

DAVID.

Voilà-t'il pas que mon fils Ammon, que vous connaiſſez, s'eſt avisé de violer ſa ſœur Thamar, & l'a enſuite chaſsée de ſa chambre à grands coups de pied dans le cul.

ABIGAIL.

Mon cher mari, quoi donc! ce n'eſt que cela? Je croyais, à votre air effaré, qu'il vous avait volé votre argent.

DAVID.

Ce n'eſt pas tout. Mon autre fils Abſalon, quand il a vu cette tracaſſerie, s'eſt mis à tuer mon fils Ammon. Je me ſuis fâché contre mon fils Abſalon. Il s'eſt révolté contre moi, m'a chaſſé de ma ville de Jéruſalem, & me voilà ſur le pavé.

BETHZABE'E.

Oh! ce ſont des choſes ſérieuſes que cela.

ABIGAIL.

La vilaine famille, que la famille de David! Tu n'as donc plus rien, brigand? Ton fils eſt oint à ta place?

David.

D A V I D.

Helas! oui, & pour preuve qu'il eſt oint, il a couché ſur la terraſſe du fort avec toutes mes femmes, l'une après l'autre.

A B I G A I L.

Oh ciel! que n'étais-je là. J'aurais bien mieux aimé coucher avec ton fils Abſalon qu'avec toi, vilain voleur, que j'abandonne à jamais. Il a des cheveux qui lui vont juſqu'à la ceinture, & dont il vend des rognures pour deux cens écus par an au moins. Il eſt jeune, il eſt aimable, & tu n'es qu'un barbare débauché, qui te moque de Dieu, des hommes & des femmes. Va, je renonce deſormais à toi, & je me donne à ton fils Abſalon, ou au premier Philiſtin que je rencontrerai. *(à Bethzabée, en lui faiſant la révérence).* Adieu, Madame.

B E T H Z A B E' E.

Votre ſervante, Madame.

S C E N E III.

D A V I D, B E T H Z A B E' E.

D A V I D.

VOILA donc cette Abigail que j'aurais cru ſi douce! Ah! qui compte ſur une femme, me, compte ſur le vent. Et vous, ma chere Bethzabée, m'abandonnez-vous auſſi?

BETHZABE'E.

Helas! c'eſt ainſi que finiſſent tous les mariages de cette eſpece, que voulez-vous que je devienne, ſi votre fils Abſalon régne? Et ſi Urie mon mari ſait que vous avez voulu l'aſſaſſiner, vous voilà perdu & moi auſſi.

DAVID.

Ne craignez rien, Urie eſt dépêché; mon ami Joab eſt expéditif.

BETHZABE'E.

Quoi! mon pauvre mari eſt donc aſſaſſiné? Hi, hi. *(elle pleure)*.

DAVID.

Quoi! vous pleurez le bon-homme?

BETHZABE'E.

Je ne peux m'en empêcher.

DAVID.

La ſotte choſe que les femmes! Elles ſouhaitent la mort de leurs maris; elles la demandent, & quand elles l'ont obtenue, elles ſe mettent à pleurer.

BETHZABE'E.

Pardonnez cette petite cérémonie.

SCENE

SCENE IV.

Les mêmes, & JOAB.

DAVID.

Eh bien! Joab, en quel état sont les choses? qu'est devenu ce coquin d'Absalon?

JOAB.

Par Sabaoth, je l'ai envoyé avec Urie. Je l'ai trouvé qui pendait à un arbre par les cheveux, & je l'ai bravement percé de trois dards.

DAVID.

Ah! Absalon, mon fils! hi, hi, ho, ho, hi, hi, *(il pleure)*.

BETHZABEE.

Voilà-t'il pas que vous pleurez votre fils, comme j'ai pleuré mon mari; chacun a sa faiblesse.

DAVID.

On ne peut pas dompter tout-à-fait la nature, quelque Juif que l'on soit: mais cela passe, & le train des affaires emporte bien vîte ailleurs.

SCENE V.

Les précédens & le Prophête NATHAN.

BETHZABÉE.

Eh! voilà Nathan le Voyant, Dieu me pardonne. Que vient-il faire ici?

NATHAN.

Sire, écoutez & jugez. Il y avait un riche qui possédait cent brebis, & il y avait un pauvre qui n'en avait qu'une. Le riche a pris la brebis & a tué le pauvre. Que faut-il faire du riche?

DAVID.

Il faut qu'il rende quatre brebis.

NATHAN.

Sire, vous êtes le riche: Urie était le pauvre, & Bethzabée est sa brebis.

BETHZABÉE.

Moi, brebis!

DAVID.

Ah! j'ai péché, j'ai péché, j'ai péché.

NATHAN.

Bon. Puisque vous l'avouez, le Seigneur a transféré votre péché. C'est bien assez qu'Absalon ait couché avec toutes vos femmes. Epousez la belle Bethzabée; un des fils que vous aurez d'elle régnera sur tout

tout Israel. Je le nommerai *aimable*, & les enfans légitimes & honnêtes seront massacrés.

BETHZABE'E.

Par Adonaï, tu es un charmant Prophête. Viens-çà que je t'embrasse.

DAVID.

Eh! là là, doucement. Qu'on donne à boire au Prophête. Réjouissons-nous nous autres. Allons, puisque tout va bien, je veux faire des chansons gaillardes. Qu'on me donne ma harpe *(il joue de la harpe & chante).*

Chers Hebreux, par le ciel envoyés,
Dans le sang vous baignerez vos piés,
Et vos chiens s'engraisseront
De ce sang qu'ils lécheront.

Ayez soin, mes chers amis,
De prendre tous les petits
Encore à la mamelle;
Vous écraserez leur cervelle
Contre le mur de l'infidéle.
Et vos chiens s'engraisseront
De ce sang qu'ils lécheront.

BETHZABE'E.

Sont-ce-là vos chansons gaillardes?

DAVID, *chantant & dansant.*

Et vos chiens s'engraisseront
De ce sang qu'ils lécheront.

Bethzabée.

BETHZABE'E.

Finissez donc vos airs de corps-de-garde. Cela est abominable. Il n'y a point de sauvage de l'Amérique qui voulût chanter de telles horreurs. Les bouchers des peuples de Gog & de Magog, en auraient honte.

DAVID, *toujours sautant.*

Et vos chiens s'engraisseront
De ce sang qu'ils lécheront.

BETHZABE'E.

Je m'en vas, si vous continuez à chanter ainsi, & à sauter comme un yvrogne. Vous montrez tout ce que vous portez, fi! quelles manieres!

DAVID.

Je danserai, oui je danserai, je serai encore plus méprisable; je danserai devant des servantes; je montrerai tout ce que je porte, & ce me sera gloire devant les filles.

JOAB.

A présent que vous avez bien dansé, il faudrait mettre ordre à vos affaires.

DAVID.

Oui, vous avez raison; il y a tems pour tout.. Retournons à Jérusalem.

JOAB.

Vous aurez toujours la guerre; il faudrait avoir quelque argent en réserve, & savoir combien

combien vous avez de ſujets qui puiſſent marcher en campagne; & combien il en reſtera pour la culture des terres.

DAVID.

Le conſeil eſt très-ſenſé. Allons Bethzabée, allons régner, mon amour. (*il danſe & chante*).

Et vos chiens s'engraiſſeront
De ce ſang qu'ils lécheront.

ACTE V.

SCENE I.

DAVID, *aſſis devant une table, ſes Officiers autour de lui.*

694 ſchelins ½ d'une part, & de l'autre 113 ¼ font 807 ſchelings & ¾. C'eſt donc tout ce qu'on a trouvé dans mon tréſor? Il n'y a pas de quoi payer une journée à mes gens.

Un Clerc de la tréſorerie.

Milord, le tems eſt dur.

DAVID.

Et vous l'êtes encore bien davantage: il me faut de l'argent, entendez-vous?

JOAB.

Milord, Votre Alteſſe Royale eſt volée comme tous les autres Rois. Les gens de

l'échiquier,

l'échiquier, les fournisseurs d'armées pillent tous. Ils font bonne chère à nos dépens, & le soldat meurt de faim.

DAVID.

Je les ferai scier en deux. En effet, aujourd'hui nous avons fait la plus mauvaise chère du monde.

JOAB.

Cela n'empêche pas que ces fripons-là ne vous comptent tous les jours, pour votre table, trente bœufs gras, cent moutons gras, autant de cerfs, de chevreuils, de bœufs sauvages & de chapons; trente tonneaux de fleur de farine, & soixante tonneaux de fleur ordinaire.

DAVID.

Arrêtez donc. Vous voulez rire. Il y aurait là dequoi nourrir six mois la Cour du Roi d'Assyrie & toute celle du Roi des Indes.

JOAB.

Rien n'est pourtant si vrai; car cela est écrit dans vos livres.

DAVID.

Quoi! tandis que je n'ai pas dequoi payer mon boucher?

JOAB.

C'est qu'on vole Votre Altesse Royale, comme j'ai déja eu l'honneur de vous le dire.

David.

DAVID.

Combien crois-tu que je doive avoir d'argent comptant ?

JOAB.

Milord, vos livres font foi que vous avez 108000 talens d'or, 2 millions 24 mille talens d'argent, & dix mille dragmes d'or ; ce qui fait au juste & au plus bas prix du change, un milliard trois cens vingt millions cinquante mille livres sterlings.

DAVID.

Tu es fou, je pense. Toute la terre ne pourrait fournir le quart de ces richesses. Comment veux-tu que j'aye amassé ces trésors dans un aussi petit païs, qui n'a jamais fait le moindre commerce ?

JOAB.

Je n'en sais rien ; je ne suis pas financier.

DAVID.

Vous ne me dites que des sotises, tous tant que vous êtes. Je saurai mon compte avant qu'il soit peu. Et vous, Yérès, a-t-on fait le dénombrement de mon peuple ?

YE'RES.

Oui, Milord. Vous avez onze cens mille hommes d'Israel, & quatre cens soixante-dix mille de Juda, enrôlés pour marcher contre vos ennemis.

DAVID.

Comment ! j'aurais mille cinq cens ſoixante-dix mille hommes ſous les armes ? Cela eſt difficile dans un païs qui juſqu'à préſent n'a pu nourrir trente mille ames ! A ce compte, en prenant un ſoldat par dix perſonnes, cela ferait quinze millions ſix cens ſoixante-dix mille ſujets dans mon Empire. Celui de Babylone n'en a pas tant.

JOAB.

C'eſt-là le miracle.

DAVID.

Ah ! que de balivernes. Je veux ſavoir abſolument combien j'ai de ſujets. On ne m'en fera pas accroire. Je ne crois pas que nous ſoyons trente mille.

Un OFFICIER.

Voilà votre Chapelain ordinaire, le révérend Docteur Gag, qui vient parler de la part du Seigneur, à Votre Alteſſe Royale.

DAVID.

On ne peut pas plus mal prendre ſon tems ; mais qu'il entre.

SCENE II.

Les perſonnages précédens, le Docteur GAG.

DAVID.

Que voulez-vous, Docteur Gag ?

Gag.

GAG.

Je viens vous dire que vous avez commis un grand péché.

DAVID.

Comment! En quoi, s'il vous plaît?

GAG.

En faisant faire le dénombrement du peuple de Dieu.

DAVID.

Que veux-tu donc dire, fou que tu es? Y a-t-il une opération plus sage & plus utile, que de savoir le nombre de ses moutons?

GAG.

Tout cela est bel & bon; mais Dieu vous donne à choisir de la faim, de la guerre, ou de la peste?

DAVID.

Prophête de malheur! Je veux au moins que tu puisse être puni de ta belle mission. J'aurais beau faire choix de la famine, vous autres Prêtres, vous faites toujours bonne chère. Si je prends la guerre, vous n'y allez point. Je choisis la peste, j'espére que tu l'auras, & que tu creveras comme tu le mérites.

GAG.

Dieu soit béni. (*Il s'en va en criant*) la peste, (*& tout le monde crie*): la peste, la peste.

JOAB.

Je ne comprends rien à tout cela! comment, la peste pour avoir fait son compte!

SCENE III.

Les précédens. BETHZABE'E, SALOMON.

BETHZABE'E.

EH! Milord, il faut que vous ayez le diable dans le corps pour choisir la peste? Il est mort sur le champ soixante-dix mille personnes, & je crois que j'ai déja le charbon. Je tremble pour moi & pour mon fils Salomon que je vous amène.

DAVID.

J'ai pis que le charbon. Je suis las de tout ceci. Il faut donc que j'aye plus de pestiferés que de sujets? En outre je deviens vieux. Vous n'êtes plus belle. J'ai toujours froid aux pieds. Il me faudrait une fille de quinze ans pour me réchauffer.

JOAB.

Parbleu, Milord, j'en connais une qui sera votre fait, elle s'appelle Abisaï de Sunam.

DAVID.

Qu'on me l'amène! qu'on l'amène! qu'elle m'échauffe; avec mes cheveux gris je redeviens amant.

Bethzabée.

BETHZABEÉ.

En vérité, vous êtes un vilain débauché! fi! à votre âge, que voulez-vous faire d'une petite....?

JOAB.

Milord, la voilà qui vient; je vous la présente.

DAVID.

Viens-çà, petite fille; me réchaufferas-tu bien?

ABISAÏ.

Oui-dà, Milord. J'en ai bien réchauffé d'autres.

BETHZABEÉ.

Voilà donc comme tu m'abandonne! Tu ne m'aime plus. Et que deviendra mon fils Salomon, à qui tu avais promis ton héritage?

DAVID.

Oh! je tiendrai ma parole, c'est un petit garçon qui est tout-à-fait selon mon cœur. Il aime déja les femmes comme un fou. Approche, petit drôle, que je t'embrasse. Je te fais Roi, entends-tu?

SALOMON.

Milord, j'aime bien mieux apprendre à régner sous vous.

DAVID.

Voilà une jolie réponse. Je suis content de lui. Va, tu regneras bien-tôt, mon enfant, car je ſens que je m'affaiblis. Les femmes ont ruiné ma ſanté ; mais tu auras encore un plus beau Sérail que moi.

SALOMON.

J'eſpére m'en tirer avec honneur.

BETHZABE'E.

Que mon fils à d'eſprit ! Je voudrais qu'il fût déja ſur le trône !

SCENE IV.

Les perſonnages précédens. ADONIAS.

ADONIAS.

MON pere, je viens me jetter à vos pieds.

DAVID.

Ce garçon-là ne m'a jamais plu.

ADONIAS.

Mon pere, j'ai deux graces à vous demander. La premiere eſt de vouloir bien me nommer votre ſucceſſeur, attendu que je ſuis le fils d'une Princeſſe, & que Salomon eſt le fils d'une *Bourgeoiſe adultere*, auquel il n'eſt dû par la loi qu'une penſion alimentaire tout au plus. Ne violez pas en ſa faveur les loix de toutes les nations.

BETHZABE'E.

Ce petit ourſin-là, mériterait bien qu'on le jettât par les fenêtres.

David.

DAVID.

Vous avez raison. Et quelle est l'autre grace que tu veux, petit misérable ?

ADONIAS.

Milord, c'est la jeune Abisaï de Sunam, qui ne vous sert à rien ; je l'aime éperduement, & je vous prie de me la donner par testament.

DAVID.

Ce coquin-là me fera mourir de chagrin. Je sens que je m'affaiblis. Je n'en puis plus. réchauffez-moi un peu Abisaï.

ABISAÏ, *en lui prenant la main.*

Je fais ce que je peux ; mais vous êtes froid comme glace.

DAVID.

Je sens que je me meurs, qu'on me mette sur mon lit de repos.

SALOMON, *se jettant à ses pieds.*

O Roi ! vivez long-tems.

BETHZABE'E, *à part.*

Puisse-t'il mourir tout à l'heure le vilain ladre, & nous laisser régner en paix.

DAVID.

Ma derniere heure arrive. Il faut faire mon testament, & pardonner en bon Juif à tous mes ennemis. Salomon, je vous fais Roi Juif. Souvenez-vous d'être clément & doux. Ne manquez pas, dès que j'aurai les

yeux

yeux fermés, d'assassiner mon fils Adonias, quand même il embrasserait les cornes de l'autel.

SALOMON.

Qu'elle sagesse! qu'elle bonté d'ame! Mon pere, je n'y manquerai pas, sur ma parole.

DAVID.

Voyez-vous ce Joab, qui m'a servi dans mes guerres, & à qui je dois ma couronne? je vous prie, au nom du Seigneur, de le faire assassiner aussi; car il a mis du sang dans *mes souliers*.

JOAB.

Comment, monstre! Je t'étranglerai de mes mains. Va, va, je ferai bien casser ton testament, & ton Salomon verra quel homme je suis.

SALOMON.

Est-ce tout, mon cher pere? N'avez-vous plus personne à expédier?

DAVID.

J'ai la mémoire mauvaise. Attendez, il y a encore un certain Semeï, qui me dit autrefois des sottises, nous nous racommodames; je lui jurai par le Dieu vivant que je lui pardonnais. Il m'a très-bien servi. Il est de mon conseil privé. Vous êtes sage: ne manquez pas de le faire tuer en traître.

Salomon.

SALOMON.

Votre volonté ſera exécutée, mon cher pere.

DAVID.

Va, tu ſeras le plus ſage des Rois, & le Seigneur te donnera mille femmes pour récompenſe. Je me meurs. Que je t'embraſſe encore. Adieu.

BETHZABÉE.

Dieu merci, nous-en voilà défaits.

Un OFFICIER.

Allons vîte enterrer notre bon Roi David.

TOUS ENSEMBLE.

Notre bon Roi David, le modèle des Princes, l'homme ſelon le cœur du Seigneur!

ABISAÏ.

Que deviendrai-je, moi! qui réchaufferai-je?

SALOMON.

Viens-çà, viens-çà, tu ſera plus contente de moi, que de mon bon-homme de pere.

www.ingramcontent.com/pod-product-compliance
Ingram Content Group UK Ltd.
Pitfield, Milton Keynes, MK11 3LW, UK
UKHW031958260826
14628UKWH00005B/2139

9 782019 709730